慾情．神情

黃厚基詩集

序

這本小詩集，自題《慾情・神情》，捕捉和留下的主要是三十五歲以前、二十歲以後的觀察、反省、心情、掙扎、矛盾，和心靈的投射。詩給了我一個空間，是一扇內心側影，欲遮還掀，也是反省和昇華。

近年，停止了寫詩的動機。寫詩若是欲遮還掀，同樣是欲語還休的舉動。如今，年紀已趨五十，不再需要遮遮掩掩，可以大膽地說：「我想與人更多的心靈交會，靈魂互相觸摸和相遇。」廿一世紀是一個更寂寞的世代，也可以是更大膽透露內心以至創造相遇相知之空間的年代。有人說，網路的偷窺文化反映的是寂寞的感覺，一種消隱於「江湖」無人認識的孤單心靈，以濡沫發出訊號，以眼神偷偷暗示靈魂（以至）肉體的乾渴。詩人，生於靈魂的乾渴，只是他自我暴露的形式有別於網路之類型，但其本質亦雷同。作為詩人，如今更體認到詩人的靈魂深處是作為人；而作為人，我心中期待的是與讀者有真實的相知相遇。

詩，是感官、感情、思想和靈性的捕捉，嘗試以知性、理性作出排列梳理。我不擬賦詩予神性般的本質，反之乃視詩為詩人生命境界的映照。視詩為神的詩人，其詩自然反映如此欲願，而帶有竊奪神性之企圖。對我而言，詩是詩人嘗試真實的其中一種藝術表達方式。我期望的詩是詩人的靈性反映，不是切割了感官、慾望、思想、情感的純靈，而是整全靈魂體的靈性。

本詩集從慾情出發，經過愛情、友情、親情、世情，以至神情，可比擬神學家奧古斯丁的心路歷程，也反映每個人的種種情愫，書名題為

「慾情・神情」，影射側寫暗喻奧古斯丁所賦予慾情的一種領悟——即慾情與神聖之情的弔詭關係。

二〇一二年十月三十日
於馬來西亞沙巴風下之鄉

目次

愛情

愉悅・歲月・友情

親情

世情

神情

慾情

一個未婚媽媽的誕生

一
顆
顆
隕石凝空變化
流
星
雨
打了滿天

霓
虹
燈
這午夜時分的
街角
傳來
野狗
回應
陰霾
天空
的叫
嗥
嗚——嗚——

沉睡的少年勻稱的呼吸
吹拂陽台外
晾
著
的
衣裳，嫵媚地
撫弄少女的秀髮

巷子裡鄰居的那隻慘遭母貓驅逐出境的雄貓
仍努力的唱歌要求和解
它輕輕的——喵嗚
它輕輕的——喵嗚
它悲哀的一叫

夜已欲醒
一個未婚媽媽亦
在世界的另一角
因而誕生

夏夢

離開我以前的那夜半
他說他窺見夏天是盛紅豔裝的女人
在睡夢中恣意搬弄棉被，唆使它
澆了他一身水，他
拭了又擦
擦了又拭
撕碎了他藏了一個冬天的
夢。夢

再好也彷彿永別了

失明的靈魂

給我新鮮的空氣　　給我光唷
失明的靈魂走向地府
肩上背負著虛無失重的追逐與荒謬
駝著背一手握著無知，一手握著愛
在自己的血漿中洗濯

白色的眼珠淌下的淚
滴在血漿中會唱歌

哭泣胭脂手　撕破了裙角
滴在人間世　染紅了妓女

鷹在飛哦
紅色的晚霞也在飛
過去的日子都長了翅膀
飛向高原
飛向天堂

憂鬱

入暮時分
翻閱舊詩
尋找一首可唱的歌。而
它貼著夜影的衣袂
如貓溜了進來
與長年累月蹲伏在我心底
的陰霾
相見
燈既不亮

遂在牆角放恣地幽起他們的會
情既縱起
便無忌地把天之所賦的靈魂佳釀
一一飲盡
日以繼夜
醃乾詩中的肉——那一句句的話
為裡頭釀製廢氣
為黑暗製造泥潭，以至

血漸漸流乾
餘下的一滴
我讓它滑入坐於茶几上的壺裡
沖以高溫的水，裊裊升起的是

兩道白煙——
一道是那挾尾而逃的憂鬱
一道是盈盈而舞的生命之歌

驚艷以後的一切

妳乍然出現，倒把我嚇了一跳
然後所謂的小鹿就出現了
妳乍然媚來的眼眸，把我送入一個大宇宙
判我終生忙於收拾
終生忙於捕捉
翻飛
於
無憂
無慮

中的
彩蝶
妳信或不信
，那都是事實
因為那天服完刑後——我走出宇宙
而宇宙
已
變
色
追根究柢，全是我頭顱之內的事，以及
頭顱之上顏色的變化

即或至今，最怕者依然是
妳的乍然出現哦
乍然出現

偽善的鏡子

一直懷疑且甚至以為
所有的假道學偽君子
在就寢前都會踩進浴室
習慣擠一顆牙膏如豆
裡裡外外做例行的
清潔之禮

今夜月光清瀧如鏡
我如幽靈半夢半醒之間走入浴室

恍恍然
手已不是自己的手
牙也不是自己的牙
鏡裡儼然變出一個秀色書生
　脣廓冒白泡，雙眼淌紅血
噴來那一口白液
得了手便一溜煙
人影也一併銷聲匿跡了
掀起鏡子的後擺
錯手碎成千百對審判官的眼睛
裡頭竟然是藏了千年的
片片「我」
塊塊面具

第二天
我買了一面新鏡子掛在牆上
對他打量
他對我，亦然

洞簫的一生

在放逐的荒原聽自然界排山倒海之勢的簫聲
迴蕩這種日子
活得似洞簫般低迴
使不著力的混身駕著簫聲
　　　　穿梭古今
只聽　穿過堂堂七尺之肝腸
　　　和唱那千古一生
古箏錚錚聲聲激

031 慾情

彈盡理想弦弦斷
無奈瀚宇欠七尺
洞簫乏魂不成聲

唱唱蕩蕩
風聲嘯嘯
漩渦裙襬
英雄危顫
縛著繩帶
如古蛇，聞簫而立

簫聲隨時
可能醒悟

空虛的自己
而
停
息

紅色的海有人圍著神跳舞

一
絲
有關生命的
心思失腳的
掉
落
非人的言語世界，在
黑夜與黎明
的

臨界點

看見
紅色的海有人圍著神跳舞，與
血液的浪濤交換言語後——

結論是或許
海的言語
更趨真實——
閃爍的眼神
激動的舞姿
輕輕的啪噠

黯沉的低迴
我看見靈魂在擺渡

禁果

萬萬個夜晚，也洗不掉那一夜的凋殘
千千的日子，僅贖得回那一面面鏡子
反映心坎上的
千蟲萬蛆

床墊上的汗漬
是你亢奮的靜脈
控訴我撫摸的手
在傷疤上遊走

這一杯的傷痛
怎能一口喝盡
一樽酸酒　長夜所釀
竟獨飲了一世

直到雙腳踏進墳墓
迎面而來　的是　那衣冠楚楚的白骨
環繞著墳墓　陽光下
蝴蝶在追逐

愛情

一根刺
——結婚一週年記事

日子
多了一分平淡
傷和淚
是天上阿爸的祝福
三百六十秒鐘以前
聖靈在耳邊拂過
我把三十六年來的傷還給了過去
這一刻我的名字叫便雅憫

偶爾為枕邊人拉起滑落的被
方才察覺眼角有些隱隱作痛
風吹過時　掉出了一根刺

再遲再晚

就是再遲
還是要捎封信給你
讓你　知道在海彼端的我，知道
晚風常常來得太早，而
血液裡的我凍得不算遲

就是再晚
還是該為你寫首詩
如此　你至少可以窺見早睡的我，在

星光微弱成燭火的夜
我的愛仍有北方壁爐的餘溫

知道你已來過
錯置的南海實在太冷太凍
走吧！走吧！不遠送了，送得近有送得近的確實
至於信和詩，是冷是熱
已經無關緊要了

剪輯——愛情

地面上
立滿了
一根
一根
的
肋骨
昂首
升手

擒住
的是
褪色的雲
把肋骨染成
一塊塊
堅立的白
有無數的蝶在追逐

唯恐妳的濕潤

有時候想，有時看見自己——一個意象
一個荒涼之地
乾黃沙土峭壁上，我是一位穿著長長黃色披風的
孤獨老者，傲然八字而立
悲愴地想要長嘯。把一角聲調往肚裡吞

遠遠地見到一個黑點
依稀覺得是妳，想要妳來
但唯恐妳的濕潤碰觸風化的我後

我便在枯黃的暮色中碎裂
而那斷裂的過程將是我最不捨的動作
那時我會覺得好冷

戀曲的遠景

——於一九九七年吾愛李婉珊生日相贈

少掉的浪漫
多在生活的分享中出現
少掉的憧憬
都已在妳我的爭執中成為現實

妳給我的信很少怨懟
只因我們已學會每一次在骨髓的河道上溝通

雙雙在對方的血液中撐槳
然後化成字跡，隔著一層淚珠，彷彿一張地圖在眼前展開

地圖的遠方是妳我的未來
我們已離開河口，離開三角洲
雖是逆流而上，身處河水中游
腳底下踩的已不是淤泥

在那山上，一線瀑布自天空瀉下
水連天，天連水
在那山上，有一家鄉坐落
那是永遠的真實

念妳無詩以後

念妳無詩
在妳臉上垂釣
驚愕的水鳥群起掀開黯夜

此情此景
早在三十年前便該入詩
那時　風不起　雲不湧
更沒有沉重的天空

把捕魚的竿子
壓得彎下了腰

念妳如詩唷
念妳如詩
去封的酒甕飄送不再黯壓的思念

此生此世
酒去封後　妳來嗎
能來　或是不能
我仍——以口接住甕口淌下的剩酒
這姿勢，可以維持多久
亦未可知

念妳如詩唷
釀妳如詩
紅了妳的臉
醉了我的眼
眼看白雲飄來
不冷也得冷了
唯有老淚還賴在臉上執著不走
哦！沉鬱有沉鬱的好
三十年的醞釀使酒更勝
叫情更醇

愛情的生活

買了瓶酒
本來想釀製愛情
點了蠟蠋
個把鐘頭就燒盡了
他對她說：
早點睡吧！

明兒早還得去
買些蠟燭

一九九八年二月十五日　情人節之後

愛的獨門樂器

我的妻和我
像是上帝巧手製成的
獨門樂器
祂留下彈奏的技巧
寫成了一本無字譜
我們的心像這獨門樂器的兩根弦
每當　若能同時響起
便奏出愛的音樂

二〇〇〇年八月三日

生日的辯證

今天生日
妳依然是　或　不再是妳
妳音容宛在　或　已不再
妳
哭多了嗎？少了嗎？
笑多了嗎？少了嗎？
瘦過了，胖過了
生命豐富了，瘦瘠了
加起來的總和　是一個不能化約的妳

我對妳妳對我　的瞭解和理解　以及
和他、和她
之間的交織層疊知情意
授受之間，妳加增了嗎？減少了嗎？

我們是誰？
一個永恆的問題
一個不斷逃遁和退隱的答案——
妳曾在　　我裡面找到
曾在孩子出生的時候找到
在　一萬三千多個秋冬以後
在稻田至大廈高樓的變遷以後

在暗巷的恐懼中成長
兩代之間
高速公路架在不平衡的心靈中
在奔馳的寬頻上
把無盡的心聲拋向沒有回音的天空

過去的日子呢喃著設法與妳連線
未來的日子早已像久盼春雨的乾地
期待生命的完成

那時
那時妳必會找到
那本已在成形中的妳
那本已然形成的自傳

我霎那間醒悟自己原是口井

是妳深埋的身世與過去
在輕柔的一勾一劃的手勢中
在注視的眼神中　呼之欲出
是甚麼樣的故事蘊育了妳的美麗
以至　在聆聽我千瘡百孔的故事
聆聽那空洞的回音時
妳臉上的神情有天使的榮光

妳眼神的探詢像一把汲水的杓子
使我霎那間醒悟　自己原是口井
妳閉起雙眸，我便看見一個聖者
在祈禱中　深淵裡開始發生神蹟
枯井中有一股活泉汨汨流出
我好像明白那是為了反映那呼之欲出的
藏匿於身後的故事
為了反映妳的美麗

藍調

站著等我
擰起妳的那一霎那
妳的香氣
如一首藍調，煙一般的
裊裊昇起
在鼻尖捏了一下

沒有來的妳或許更美

望著憔悴皺折的海
心卻不想靠上情怯的岸
海在翻騰，我的愛
吞咬著一口一口的白沫
苟延殘喘，於是我

寧願守著空船——
妳不來或許更好
等船自己靠岸

等妳的回眸一笑
沒有來的妳或許更美

愉悅・歲月・友情

一絲浪漫

把心情當作一首小詩，或
把小詩當作一首心情，
　當作快餐
　細嚼或慢嚥
　隨你
下一瞬是下一瞬的事
記得或忘了，也只是一首
小詩，只是一首心情

泡上一杯小小的摩卡
調上一些些自己的晚上
你或許也想淺淺地啜它一口吧
或許

詩人

詩人是
一隻鳥兒在火中學飛
火之將盡
自將盡的火中舌中
借得一點力
騰空射起
　如鷹衝出塵囂
擎起敬拜的雙翼
如梭飛向焚燒的火球

炯炯然兩顆火球
在他雙目裡燃燒
額頭白色的羽毛
衝向火球後　舞出許多雪的化身
玩弄冷與熱的魔術——

詩人是
一男一女
累了以後，在天邊
撒出一片綠光，載著一顆
月兒
一顆月兒盈盈昇起

跳躍的人生

——記侄兒週歲後學跳的一景

只看了一次平地起跳的動作後
他便執意以萬二分的專注
配合全家人正在成長的眼神的專注
墊起三寸的腳掌少少
屈起半尺的小腿少少
希望在晚飯以前，或
至少在宵夜以前
跳出毅力和堅持，如健美駿馬

跳出自我的樂趣，如奔馳原野
跳出人性
跳出美善
即使跌倒

心事（一）

小時候
我把它放生了
直到有一天
我在心中發現一片好大的森林
奇妙的發現　它已在裡面築巢
於是
把它捉來
任它
在雨中在風中

坐化成言語
雨後
坐化成
愛
死後
坐化成
生命

心事（二）

不同的心事分組出去
回來集合時
有的咬著美語
有的哼著流行樂
有的頭上頂著千斤學問低著頭像在尋找甚麼
還有許多沒再回來
但也沒有人過問

下午的一生

——記廿五歲生日

天空響了一記悶雷
整個下午我獨坐公園裡
以廿五度角望著遍地的枯葉
心想，要是能下場雨多好
心想，哭也沒有用
總不能馬上把淚水用周圍現現實實的熱
蒸發了，驟然聚雲成雨
總不能天真地以為坐它一個下午

就能把一生坐掉
而且
都已把落葉數到九千一百廿五片了
望望手上的錶
才下午兩點半

與白鷺鷥一席談

他撕碎了一群白鷺鷥
三言兩語
撒落了一席傷痕——
歸鄉的探路
白碎布卻也成了一席
絨毛剖白

親情

九

九歲的一滴淚啊！

其實，任何時候都該想起妳
不一定得等到中秋，只不過
所謂人逢佳節倍思親

然今年中秋
雲漲得比胸脯還重
白色康乃馨才到胸口就灰成
雲的顏色，噼里啪啦忙碌的聲音隨著
雨聲打在模糊的玻璃窗前

揉揉眼，嘆了口氣
月兒才自雲的間隙
探出胖胖的妳的臉
（挺腰、擎手、抬頭
一塊月餅自妳手滑落）
顫抖地滾到我面前
我拿起祝謝就吃了
未落到心中，黃澄澄的餅心
便把我的口咬住
哽在黑漆漆無底的　不斷逝去於時光蠕動中的通道口
偶爾有光自洞口來
我便思念起遠在赤道上的妳
心裡有愛的時候

時光倒流便會來到暗藍色的小河
倚臥輕搖小舟不復記憶的胳臂彎
把木槳輕輕一划
就到家了

然而在回家途中，十六年前
白沫背後臃腫的臉擦身而過
一個九歲的孩子
若夠得到牆上的鐘把指針回倒
若知道只要把嘴角的白沫收回微笑的口裡
記憶便不至無奈地　停在乾涸的河床上
找不到划船的槳

我在夢迴途中醒來
看見摘下眼鏡後十六年前
當眼珠還是九歲時
心事、早熟和乖的表現
和眼淚一起鑲在眼眶上
只有在玻璃一片片碎去
　　一扇扇門瞬間彈開時
才會感受到秋末刺骨冷風
在子彈列車的心思中飛馳
雨珠自朦朧的玻璃窗爬下
無法想像眼珠十六年來的蛻變

鱗片重重墜落，只能想像回憶把這「重」慢動作了
放大的是白色的記錄
和那稚氣及愛憐
這以後我才看見
　妳的愛在氧氣罩下尋不著出口
所以妳以更飽滿的洶湧起伏的胸口
告訴我說
要乖乖哦！
我看得見那聲音好大
直到今天依然重重墜落心口
誰在哭呢？
母子的手豈不能相握嗎？

自那日一握
每到秋天，雙手便變得冰冷起來
年復一年，自己封鎖自己的冰冷
若聞到落葉打擊早霜的湖面
便心痛得猶如聽見一陣陣喀勒勒的碎裂聲

從妳最後一次入院
直到妳的安葬
一路歌唱
一路悲泣
一路回思
一路安息
直到今年秋雨乍臨

禁住的情感
終於咬破嘴唇傾瀉而出，由是
一匹紅布隨風一飄，蕩氣便綿延了三十里路
就這抬頭望天，才醒覺今夜已是中秋

我一走出列車
就站上了
一條綿延無盡的大道
妳在月中顯現
有無數的雲
高大嵩天的樹如天軍守列　路的兩旁
彷彿直通天堂；一片片金黃色盔甲自葉縫間
伴著母親吟哦之聲擺蕩落地

落地而化成
走廊上　木屐
草坪上　風中的衣
綠蔭下　黑夜的影子
車廂裡　白色的床單

好長的列車
一滴淚從喉頭到眼中竟走了十六年
掛在眼眶中久久不肯下來，竟固執至此，直到
妳在月中顯現
我才滴下第一滴淚
九歲的一滴淚啊！
因無知而壓抑

日子噼里啪啦如海浪聲在風中難過
伴隨遷移的日子
在風浪中顛覆
在恐懼中窩踞，任由
潛意識躲在船艙底舔嚐不安的浪

九歲的恐懼
九歲的一滴淚啊
眨眼我已而立之年
怎遲至今日方才流出
在淚光中自己的身段瞬間抽長
在雨滴中妳向我揮手，輕輕地
輕輕闔上妳的眼

眼闔雨停
這難道僅是個巧合嗎？

一件淡藍色的簡樸上衣

——贈吾母瑞蘭

媽，是否該稱妳為
媽？在〈九歲的一滴淚〉以後[1]
妳第一次出現，彷彿
一件淡藍色的簡樸上衣
不那麼著意的便掛在我們
院子外的晾衣線上了

怎麼是二十年後的今天
在遠離家鄉九千九百九十九里外的
香港，才兀然在街道上從妳身後
透過時間的眼神
乍見妳再現，緩緩地
緩緩地在風中搖曳，彷彿
一件淡藍色上衣

二十年的日子
想一言道盡無疑是
一種褻瀆
即或以詩
昇華，也比不上

妳舉杯欲飲時那隻手擺出的神情，比不上
妳自烤爐裡把手抽出時
霎那間滿了皺紋的聲調

烤餅如果能烤出生命[2]
怎麼蒼老的竟然是妳？
難道偉大如妳，竟不能為自己
烤個大餅
大它一個九千九百九十九寸
好吃夠它九千九百九十九年

蒼老的怎麼會是妳？
叫人措手不及

就像那一年當爸爸從仙本那[3]
載了一大卡車的鮮海參回來一樣
一樣叫人措手不及
半夜三更，我們的心靈
一齊被海參穿過卡車引擎發出的哀號驚醒
妳在卡車之下
我在卡車之上
把生命傳承，霎那間

海參在妳我眼前
妳我在海參眼前
瞬間蒼老
一樣叫人措手不及

蒼老避是避不了的了
但蒼老於此——於
一堆生命在萎縮的海參中間
瞬間十五年
（時間一句話不出，已叫人心碎
慢鏡頭中，瞬間和一生在昨午
一起出現於地鐵站，隨著人影
不斷蠕動而去）
這等蒼老，妳又何苦來受呢？
媽，是否該稱妳為
媽？〈九歲的一滴淚〉以後

妳自己滴下千斤的淚
在飛過南中國海的途中自天空撒下
證明妳自己就是那
生命的濤聲

生命的濤聲
始於妳沉默地對抗
咖啡店裡[4]
快火炒出來的空心菜
慢火熬出來的蓮藕湯
那絲唷！
怎斷得清唷！怎斷得清

那絲唷！
怎斷得清唷！怎斷得清

蓮藕本是妳的十字架
妳「被欺壓，在受苦的時候卻不開口
又像羊羔被牽到宰殺之地
在剪羊毛手下默然無聲」
將生命傾倒，人倒以妳為擄物
分了妳的衣服
一件淡藍色、淡藍色的簡樸上衣
是誰倒把它鋪在藍天上，叫它昇高？

該如何稱呼妳呢？
在妳手中有
兩條魚，五個餅[6]
魚是活的
餅是熱的
妳餵飽了我們，自己卻在為餅和魚祝謝之時
霎那間蒼老
（地鐵關門的那一刻
我發現自己兩手
擁著九千九百九十九個餅
九千九百九十九條魚）

我慄然愣著，當著洶湧奔來的人群
我話到了嘴邊：媽
我們可以一起吃啊！
我話到了嘴邊：媽
妳可以不必走的！

1. 在寫此詩之前，筆者曾以先母為題材作一詩記念先母，並表懷念之情，名為〈九歲的一滴淚〉，故有此一註。
2. 家母——父親在我生母過世以後續弦——平常我們兄弟姊妹稱呼她阿姨。這七、八年來家母和家父經營家庭式的西餅生意，批發給一些小店和小型超市。
3. 位於東馬來西亞沙巴州，離筆者家鄉四十五分鐘車程，是一個非常小的漁村，有許多菲律賓人居住在此；家父曾在此經營漁（海）產業多年。
4. 初還到東馬是因為應叔叔之邀過去相助他打理咖啡店，當時阿姨和二姑主廚。
5. 引自《聖經舊約・以賽亞書》五十三章七節。
6. 不熟此段典故者可參《聖經新約・約翰福音》第六章。

作予一九九五年十月底

世情

有限創造無限

五個小孩跳躍如音符
望著桌前彷彿會說故事的雞腿
笑得如花一樣燦爛自嘴唇飄起
在空中一張一合
可樂可樂地說：
我愛你，可樂可樂

一個男人含笑如活雕像
非妻非母亦非父

神奇如藝術
看著自己的傑作
覺悟自己以有限創造無限的偉大

都是風的緣故

這邊一男一女在吵架，看見我
那邊一個小女孩嚎啕哭得雲碎，看見我

碎了的雲往地上撒落
一把雨傘飛得遠遠的
怎麼哭了呢？我問女孩
都是那風啦！女孩說。

晚風來，雲和女孩都睡得好好的。

那M的來勢

守不住自己的門戶後
我終於角貫竄入它的
紅色大拱門
然後展開攻勢
以表抗議
以我那自瀆五千年的文化，想要
追回時光隧道裡的孩子
心想事態並沒有那麼嚴重

然而隨即在勢不可擋的人潮中
我又努力學習一起被擠出來
雙手浴滿了血一般的紅色黏液
執拗地怎麼也不承認業已受創
畢竟那迎著笑臉的紅臉蛋紅上衣的傢伙
他是我弟弟啊！

不熄的歷史

當我熄了燈前的歷史
你依舊以彈頭當粉筆
在幾千個夜裡
記錄你的故事

把聖經合上後我不禁想
難道彈頭也能當奶嘴？不然
午夜的哭喊怎地只喚醒母親
乾癟的乳頭

後記：入睡前習慣讀一兩段聖經，對以色列人自有一份古情。而深夜思索豈只動了情，更令人思及中東諸國不熄的戰火的無情，彷彿這段還在繼續的歷史是命定的。

記青年茶友之死

一口茶與一口茶之間
茶靈在神遊
在山間、在林間、在澗水間
神遊如翱翔的鷹

或許飛得太高而與雲撞擊
血瘀於胸口
而終於吐成苦澀的詩

在一口茶與一口茶之間
我以血吐成詩。原來
獨飲是詩與詩之間的知己
以血和茶為盟
幾口下肚
渾然形成騰騰上升的熱氣
湧至眼眶而冷卻成水
於是弱水千山奔躍於眼中
釀造多年的秋雨
釀造潤澤的往事
釀造濃如你體內尚未乾涸的杯底
血色的茶漬

無題

最初是——
一種叫不出來的
黑和沉澱和一種
無人探知的
古井的
心

最活躍的時候是——
一種匍匐前進的

衝擊和暗抑和一種
懷胎與迸裂
來自於
深深的
海
底
然
後
是
海嘯
海濤
海濤
然後是
海嘯
然後創造

長嘯的浪

或微聲細語

和

一

片

白白

茫茫

和花開

在陽光下

結網的心

——生命、心與語言的三角關係

結了網的舌頭
輕微的透露那顆冰封的心
該抽出一根絲才能剪斷那在沉　在下墜的心嗎？
以柔軟的手承接
輕輕的撥弄湖面
讓心暢漾
或者呼吸
或者以口中的氣溶化那網

使言語得回筋骨
再次跳躍
再次歡愉

美國老兵

美國老兵出席孩子的畢業典禮
國旗像魂安靜地升起
升起以後
（降
降
降降降　降
降降　降　降
降　降　降降
降　降

降

降

降

降

一個個降落
眼前乍然出現　一排排傘兵
豎立的白色十字，一片園丘
一片叢林
一片片紅色花

一片大陸
一簇眾花疊成的花園
在女士們的手上

花園，他想
摸了摸頭上的疤
摸
長了草的頭盔
長了苔的墳墓
（一陣痛
一聲轟隆
一頂頭盔滾來
一片炮聲的碎片插在頭蓋上

血從額上滑下
太陽染成鮮紅
在驚醒的夢中
在夢中的驚醒
在炮聲槍聲中
在直升機中
慢慢升起
是夢不是夢已沒有分別

幾枝槍在掃射
一個一個隊友
用練了千百次的熟悉姿態在身邊倒下，胸口
跌出一封長長的情書

像底片般把眼前一切全都錄下
子彈迅速穿透輕生的黑色字跡
　　嗒嗒嗒嗒打成一封電報
　嗒嗒嗒嗒打響了雨聲，雨聲乃是敵軍槍枝的哀歌
　　嗒嗒嗒嗒是那錘子與鋼釘
　國旗像魂安靜地升起
國旗像魂安靜地升起

全體軍人一致敬
DIS MISS——
孩子的徽章就在眼前
亮起來
反映著早已脫去紅眼的太陽

ATTEN——TION

DIS——MISS

世貿啟示錄

第一幕

你矜誇於世
在烈日下直聳雲霄
傲立於曼哈頓區
於全球的舞台

你的榮耀，你的光華
你口出狂傲的話

你右手有獸的權柄
巴比倫是你的前身

你的手臂升到地極
你螢光閃閃的眼睛遍佈四方
你的雙腳在數碼的高速公路上馳騁
羅馬是你的曾祖

第二幕

空中打了一記極響的巨雷
地獄的火在空中揚起

玻璃碎片如冰雹摻著血肉降下
地震使雙腳彷彿站在果凍般的大地

鋼鐵水泥如未到期的果子砸在他們身上
手提電話中微弱的道別聲彷彿是西天傳來的
如果不經無線電話，祈禱聲音能傳到全能者上帝的耳中
何以祂不把廢墟移走，或把殘軀中的靈魂接走

當天離地在霎那間變得又如此接近又無法企及時
當灰色的天空罩下，鋼鐵水泥都拆下後
我們乍見愛是如此堅強，不怕恐怖的轟炸
在塗滿煙灰的雙頰上寫著生命的讚歌

第三幕

全球電視螢幕閃著恐怖主義毒蛇般的雙眼
真情或假意的慰問使敵我不再分明
是否伊斯蘭原教旨主義策動這自殺式的屠殺和控訴
那報復的精神也離敵基督不遠

當火焰在世貿焱焱焚燒的時候
各人心中的恐懼如熔岩蔓延開來
彷彿心門大開夾道迎接幽冥巨獸的到來
從此在這心靈中建立牠的大國

在這國中，恐懼、仇恨、報復、盲目
都在幽靈口中吹氣下一一誕生
最終人被自己心中的幽靈王國吞噬
始終不曉得誰是消滅自己的仇敵

第四幕

難道沒有人看見，那最大的力量
不是全球化的經濟，不是空際的太空導彈
不是民意、不是悲憤、不是地上各國聯合的軍力
而是仁愛、悲憫、寬恕之道

冷戰以後沒有前方後方的戰略
這樣的戰爭早在人知性初分的時候便豎立在心靈的空地上
這樣的象徵早在十架戰勝罪惡和死亡之王時宣告
藉此滅掉人間的冤仇

所謂天國或是天人合一的境界本是沒有國界的
惟有生命和愛能吞滅仇恨的死亡毒氣
末日的時辰並未寫定
或近或遠惟看人類如何詮釋他人的生命

作於二〇〇一年九月十七日

世情

背著背囊
象徵著我們的身份
我們彷彿軍伐時期流離的寡婦
背負著那餓得無力哭泣的嬰孩
手中拿的通行證
在人龍中無止息的等候蓋印
舉頭望天
卻只有黑色的臉孔
如陰間的影子壓著下來

在那象徵公義的大房裡
燈光照射到每個角落
奄奄一息的嬰孩
在懷裡顫抖的吸著那乾癟的乳頭
我向四周搜索一個你的臉孔
一道強光差一點把我擊暈了
默默地，只能對你說：
「主啊！你溫柔而公義的光在哪裡呢？
快來施拯救！」
茫然地，睜著眼：一記雷聲在天空炸開
嚥下最後一口氣，隱隱聽見：
「嘿！坐在角落的那一位！

嘿！就是你，你起來！
幹嘛在那兒喃喃自語！」
主啊！我只是在禱告啊！主

我們努力覺醒

陰沉的天
沉默地看著
一隻黑色毒蛇
從廢置地遊走而出
霓虹燈
紅了雙眼
努力閃爍
卻哭不出一滴淚水
一片片的壓克力窗戶

把大樓的心冰冰冷地
壓抑於不再說話
不再啟示　　的
天底下

而我們
我們生存於這疲累的大地
漸漸喪失與天說話的能力
漸漸遺忘歌頌的天賦
我們努力覺醒
我們為搶救而出的氣息
施行人工呼吸
我們補天

到處找尋
發臭的氧氣

我們衣冠楚楚
至於午夜以後清走的
長了蛆的垃圾　　及靈魂
我們已
習慣沒有看見
我們有洋房汽車
天天拂拭

於是
我們也會

天天努力
出席
心靈講座
靜坐　和
冥想
自己的心靈，卻遺忘於路途中

那一夜
流星雨出現
我們紛紛衝向廣場
隱身於黑夜中
伸出頻頻等待的雙手
招呼閃過天際的流星進入

空洞的雙眼
然後
舐嚐饑餓　和
一點點光芒和回音
逐漸消失於
山谷和深穴中
我們等待
我們躺臥
　　　　　起身
在廣場上　我們終於
一把捉住墜落的一顆流星
是誰的一雙手
我們心悸得不敢打開

直到一隻螢火蟲
從你我面前飛過
我們依然把
手心緊握
然後　我們為它
滴下一滴淚
午夜才過
露水把廣場的草
全打濕了

天方亮
蛇形的車隊
不斷發出

嘶嘶的獸聲
有人發出嚎笑
迅速升上三十樓
他進入洗手間
廢氣急衝而下
帶著野味的腥臭
因此
有人看見那樓頂上
始終有一貌似黑蛇的
黑雲，儼然一支
黑色大軍

所以
有人努力甦醒
咀嚼經書
盼望在史籍中
找到銀河
找到流星
找到一尊尊的孔孟
發黃破碎的
老莊
找到羅馬兵丁在十字架下
拈鬮後復又丟棄的
紫色袍子
找到四匹馬

七個印
夜間
他們咀嚼，吐出的
字句
未到早晨
便墮落成地上一堆堆
腐爛的果子
一隻遊走於人類史的
黑蛇
在爛果中
昂首經過
而我們
我們在流星雨的那一夜

找到淚的故鄉
血的故鄉

我們從廣場出發
我們匍匐
　　爬行
　跪立前進
尋找流星雨
啟示的故鄉
沒有沒藥
沒有乳香
只有盛滿瓶子的
酸酒　和

枯萎的棕櫚枝
我們經過大河
　越過沙漠
途中，有人
選了大道，有人以為
高樓頂端便是故鄉，有人
遇上高壓的終端機
　　便作了那
　　會說話的
　　黑色小盒子的
　門徒，念念有詞
　亦步亦趨，有人
一路把自己漆成

灰的、黑的、黃的，雙眼
一邊陰沉，一邊閃爍
一步一步向廢置場走去
念念也有詞，有人
……

許多年後
我們彷彿劫後餘生者
一手拿著乾糧
一手拿著葡萄汁
走進廢置場
走進大廈
我們沒有遺忘

我們站在大廈之頂
高高舉起一條古蛇　往
天那邊甩去
天便如窗簾掀開
而我們
我們索性在樓頂
設宴
淌著淚水
相對而望
誰都沒有言語

天冷的時候

他們說天狗快食月了，而
她的臉孔在月中閃過
於是——
　　幻想變成那月
　　讓黑暗來吞噬

天狗食月的時候
孩子在天台上踢那快被遺忘的毽子
隔壁公寓的瘋子吹奏他的笛子

一個不知名的人和一首不知名的曲子
以前有沒有人聽過是以前的事
以前也許只是預言
　　也許——
天狗食月的奧秘
只有上帝和先知明白
而我們，感覺天冷的時候
只會學著說一個末日的傳說
　　　　學著說天狗食月的笑話

神情

呼召

主啊！呼召他，匠人所棄的石頭；
那扔在路旁的，在你手中變成一座流淚的雕塑。
主啊！呼召他，四處橫流的水；
那荒廢的，在你靈裡變成一條能治病負傷的河流。

唯獨欠你

穢氣昨夜如常在他們居住的都市
於清晨沉澱
每個早晨原都是聖城
原是冬日太陽在窗台前尋找的
一隻握筆沉思的右手。而今呈現的是

一枝筆，一首日子般的哀歌
一段荒謬的殺人事件，一條
在草原上殺戮後流開的大河

河上有一葉小扁舟，載的是
神學家和他的一番偉論

唯獨不見的是
河水在我心中乾涸以後
夜黑之天底下
遁形的你，以及銀河中
星星晶瑩的歌聲

因為昨夜
穢氣　又如常　在我們居住的都市
沉
澱

靈魂的呢喃

1

夢裡覺得好累
醒不過來
夢比生命還重，黑沉沉的
走在一道口腔，雷雨聲音交加
突然聽見有聲音來自光明和窗外
說：你的靈魂病了

2

夜裡，他說
旅行去吧！

3

靈說：散散步、逛逛街、買隻貓回來養
但　我卻哭了。我只是覺得寂寞

4

寂寞，來自胸部，來自心口，來自那不知名的深處，把整個城市的喧囂都掩蓋了。

5

或許哭泣可以減輕病痛。或許到草原，或許到沙漠，或許在那裡可以覓得良藥。

6

寂寞的時候會想雪，聽雪的聲音。
而雪在想我。

7

靈魂哦！靈魂，到哪裡去找你唷！
哎！你怎麼躺在黑夜裡不起來了。來！我帶你去走走，告訴
我！你最想要甚麼。

最後一點真理

搜索心靈的事豈能再踞入
入夜後　街角的垃圾堆裡
不能再聽任它掛在
行將腐爛的嘴唇上

吐出來的真理
豈能像煙圈
應該撒在像你這般
年輕的心田裡

或許一天我身陷泥窪
或許行將垂目

泥淤攀上我的鼻息
一朵百合花會在我眼前
盛開
在雨中顛危
在生命的靜謐中
在天地的凝視中

或許「那一位」

他將允許這滴露的祝福
美它一個早晨
美它一個黃昏

或許一天我在泥窪中沉沉下墜
那時我可以擁著它入夢
那時在天上斟酒

你

我
脫下鞋子
——我的野心
停了手錶
——我的時間表
摘下眼鏡
——我的眼界
放下手上的筆
——我的工作

和雙手的鑰匙
　——我的安全感
為要單單與你親近
　——我獨一的真神

然後，我便
穿上鞋子
　走你的道路
佩上手錶
　時刻為你而活
戴上眼鏡
　來察看你手所造的世界

執起隻筆
來寫下你思想的蹤跡
拿起鑰匙
打開你預備的門戶

救贖

我的意志
正在瘦成毒癮君子
弱成肺癆患者
正在前一步
後一步
之間
看罪惡裡兩隻黑鰻在泥床上
躺下坐起（卻站不起）
貪婪相互背叛的爽快

苦苦的為每一口咳出的血痰
懺悔
以後
遠遠的看見你彷彿來自聖城的使者
以沙漠中的皮袋裡的水
沁我的生命
於是
我認出
那提水的手
就是那個拿撒勒人的
手

死的過程

死的過程是痛苦的，尤其指一種生命和另一種生命同時存在之
情形，一種將死，一種散發活的香氣。那痛刺在心裡，眼淚卻
如沙粒久久不飛，一滾到眼眶就彷彿鑲住了。
血一面從眼睛滴下，格子裡的詩一面逐步形成，把那將死的生
命放在紙上以詩當沒藥塗上。
詩伴我死。
我與詩同死。

那詩裡面榨出來的禱告

那詩裡面榨出來的禱告
是醫治的良藥
那本來就是流傳已久的傳統
今天，流行的聲音
很多
但有許久沒有再聽見這一種

舞祭之後

生命哦何竟枯乾
不論——在舞祭以後
跳動的骷髏和他
笨拙的發聲與舞步，與泛白的牙齒
在月兒滿缺的背後——發生甚麼故事

我仍想
借焚一爐香
上帝在香的上方

香盡我去
數十年攀登裊升的香——香是天梯
生命在枯乾，乾如一支香
白骨在微笑，笑唱聖讚詩
上帝的手在煙香中召喚
召我快回家
我要回家跳舞唷！

要讀詩06　PG1086

要有光
FIAT LUX

慾情・神情
——黃厚基詩集

作　　者　黃厚基
責任編輯　黃姣潔
圖文排版　賴英珍
封面設計　秦禎翊

出版策劃　要有光
製作發行　秀威資訊科技股份有限公司
114 台北市內湖區瑞光路76巷65號1樓
電話：+886-2-2796-3638　傳真：+886-2-2796-1377
服務信箱：service@showwe.com.tw
http://www.showwe.com.tw
郵政劃撥　19563868　戶名：秀威資訊科技股份有限公司
展售門市　國家書店【松江門市】
104 台北市中山區松江路209號1樓
電話：+886-2-2518-0207　傳真：+886-2-2518-0778
網路訂購　秀威網路書店：http://www.bodbooks.com.tw
國家網路書店：http://www.govbooks.com.tw
法律顧問　毛國樑　律師
總 經 銷　易可數位行銷股份有限公司
地址：231新北市新店區寶橋路235巷6弄3號5樓
電話：+886-2-8911-0825　傳真：+886-2-8911-0801
e-mail：book-info@ecorebooks.com
易可部落格：http://ecorebooks.pixnet.net/blog

出版日期　2013年11月　BOD一版
定　　價　200元

Printed in Taiwan

國家圖書館出版品預行編目

慾情. 神情 : 黃厚基詩集 / 黃厚基著. -- 一版. -- 臺北市 : 要有光, 2013. 11
面； 公分. -- (要讀詩 ; PG1086)
BOD版
ISBN 978-986-99057-0-1 (平裝)

851.486 102021328

讀者回函卡

感謝您購買本書，為提升服務品質，請填妥以下資料，將讀者回函卡直接寄回或傳真本公司，收到您的寶貴意見後，我們會收藏記錄及檢討，謝謝！

如您需要了解本公司最新出版書目、購書優惠或企劃活動，歡迎您上網查詢或下載相關資料：http:// www.showwe.com.tw

您購買的書名：＿＿＿＿＿＿＿＿＿＿＿＿＿＿＿＿＿＿＿＿

出生日期：＿＿＿＿＿年＿＿＿＿＿月＿＿＿＿＿日

學歷：□高中（含）以下　□大專　□研究所（含）以上

職業：□製造業　□金融業　□資訊業　□軍警　□傳播業　□自由業

□服務業　□公務員　□教職　□學生　□家管　□其它＿＿＿

購書地點：□網路書店　□實體書店　□書展　□郵購　□贈閱　□其他

您從何得知本書的消息？

□網路書店　□實體書店　□網路搜尋　□電子報　□書訊　□雜誌

□傳播媒體　□親友推薦　□網站推薦　□部落格　□其他＿＿＿＿＿

您對本書的評價：（請填代號　1.非常滿意　2.滿意　3.尚可　4.再改進）

封面設計＿＿　版面編排＿＿　內容＿＿　文／譯筆＿＿　價格＿＿

讀完書後您覺得：

□很有收穫　□有收穫　□收穫不多　□沒收穫

對我們的建議：＿＿＿＿＿＿＿＿＿＿＿＿＿＿＿＿＿＿＿＿

＿＿＿＿＿＿＿＿＿＿＿＿＿＿＿＿＿＿＿＿＿＿＿＿＿＿

＿＿＿＿＿＿＿＿＿＿＿＿＿＿＿＿＿＿＿＿＿＿＿＿＿＿

＿＿＿＿＿＿＿＿＿＿＿＿＿＿＿＿＿＿＿＿＿＿＿＿＿＿

請貼
郵票

11466
台北市內湖區瑞光路 76 巷 65 號 1 樓
秀威資訊科技股份有限公司 收
BOD 數位出版事業部

(請沿線對折寄回，謝謝！)

姓　　名：________________ 年齡：________ 性別：□女 □男

郵遞區號：□□□□□

地　　址：____

聯絡電話：(日)________________ (夜)________________

E-mail：____